KB141821

제11회 운봉 지리산문학회

서리꽃 위에
詩 앉는다

제11회 운봉 지리산문학회

서리꽃 위에
詩 앉는다

도서출판
곰단지

축사

지리산문학회 11주년을 축하드리며

운봉읍장 **배세근**

지리산자락 운봉고원을 아끼고 사랑하는 지리산문학회 회원여러
분 반갑습니다. 한 해 동안 땀과 정성을 쏟아낸 보람으로 수확의 기
쁨을 누리면서 깊어가는 가을의 정취를 느끼는 낭만의 계절에 운봉
의 가을을 더욱 풍성하게 만드는 지리산문학회 11주년 기념집 출간을
축하드리며 박영진 회장님과 회원님들의 노고에 경의를 표합니다.

문학은 사상이나 감정을 언어로 표현한 예술이라고 하는데 순수
한 내적 감성으로 사물과 자연을 보고 느끼는 감각을 문자로 구체화
하는 작업이라고 덧붙여보고 싶습니다. 또한, 지역의 지리적인 특성
과 선조들이 물려준 문화의 터전이 전통이 되어 후손들이 이어가는
창작의 과정이라고 봅니다.

우리 운봉은 가야 시대와 삼한, 삼국시대를 거치면서 동서 진영의
주권싸움이 치열했고 내륙 깊은 곳에 위치하면서도 전쟁을 통해 새
로운 문명이 탄생, 발달을 거듭했으며 여러 문화가 충돌하고 포용하
는 가운데 운봉만의 독특한 문화를 만들어왔습니다.

지리산문학회 회원님들이 운봉의 인문학을 계승하고 발전시켜 과거와 미래를 잇는 중요한 역할을 하고 있으며 운봉의 모습과 운봉인의 생생한 삶을 고뇌와 사색이 빚어낸 한 문장 한 문장이 전해주는 운봉이야기가 독자들의 가슴에 잔잔히 감성의 물결을 끌어올려 마음을 풍요롭게 해주는 청량제가 될 것입니다.

자랑스러운 운봉 지리산문학회가 중심이 되어 운봉인의 정서를 건전하고 건강하게 이어가는 촉매제 역할을 해주시길 기대합니다.

새로운 10년의 시작, 11주년 기념 출간회를 매우 뜻깊게 생각하면서 생업을 이어가면서도 기념집을 만들어 내기 위해 열정을 아끼지 않으신 회원님들께 다시 한번 축하와 감사의 말씀을 드리면서 지리산문학회의 성장과 발전을 축원하고 응원하겠습니다.

글 농사짓는 농부의 수확을 축하하며

운봉 · 인월 · 아영 · 산내 시의원 **윤지홍**

태초 이래로 이때는 수확의 때이고 감사의 때입니다.

저도 사과 농사를 짓고 있지만 농사라는 것이 하늘의 절기를 볼 줄 알아야 하고 자연에 순응하되 버틸 줄도 알아야 하고 얻어진 수확에 감사할 줄 알아야 하듯 글 농사 역시 하늘의 이치를 깨닫고 자연의 흐름에 감흥하며 가꾸고 가다듬는 것인데 이 지난한 일을 이토록 오랫동안 지속하는 지리산문학회 회원 여러분들께 깊은 경의와 감사를 드립니다.

우리가 사는 운봉 땅은 문화 예술의 고장입니다.

애달프고 우렁찬 동편제 판소리로 비전(碑前) 마을에서는 흥부전과 춘향전이 가다듬어졌으며 산내에서는 변강쇠전이 만들어졌습니다. 특히 거문고의 악성 옥보고 선생께서 옥계동 계곡에서 30여 곡을 작곡하신 곳이기도 합니다.

그러니 이곳에서 이러한 문화의 명맥을 이어 시를 짓고 자연 풍경과 삶의 모습을 글로 담아 엮어내는 모습이야말로 인문학유산을 물려받은 후예로서 자랑스럽다 하지 않을 수 없을 것입니다.

듣기로 해가 거듭될수록 글 농사가 잘 되어 많은 글이 모였다 들었습니다. 버스 안에서 시 한수 SNS에 올리는 학생도 있고 고된 농사일 마치고 시 귀를 꿰는 이장님도 계시니 이 문학회는 복되다 할 수 있을 것입니다.

문화의 고장 운봉에서 지리산문학회 회원 여러분의 문운이 창대하기를 기원합니다.

축사

지리산문학회 시낭송회를 축하드리며

운봉애향회 회장 **김중열**

옛말에 이르기를 10년이면 강산이 변한다 했습니다.

운봉이라는 지역에 문학의 꽃을 피우리라는 일념으로 갖은 역경을 이겨내며 10년을 넘기고 11년째를 맞은 운봉 지리산문학회 시인님들께 깊은 감사의 말씀을 드립니다.

시낭송집서 지역민들의 낯익은 이름이 보일 때면 이분이 내가 아는 그분이 맞나 다시 한 번 이름을 확인해 보고는 합니다. 얼마나 반갑고 신기하고 새롭던지요. 저희에게 신선한 문학적 충격을 주기까지 당신들께서 긴 시간을 버텨주고 자기 자리에서 자기의 역할을 해주었기 때문일 것입니다. 두드려보지 않아도 믿고 건널 수 있는 돌다리가 되어 주십시오. 운봉의 이야기를 시로 짓고 묶어서 남겨 주시면 당신들의 후대들이 그 길을 따라 갈것이라 생각합니다.

그대들의 가슴속 자리한 그 일념의 발걸음이 운봉 자락에 길고도 곧은 뿌리를 내리라 믿으며 다시 한번 11주년 시 낭송집 "서리 꽃 위에 시 앉는다" 출간을 축하드립니다. 내년 내후년에도 계속되어지기를 부탁드리며 마칩니다.

서리꽃은 몹시도 춥더이다

운봉 지리산문학회 회장 **박영진**

2021년.

올해도 어김없이 가을이 오고 지리산문학회 시낭송집을 내게 되었습니다. 올해의 책 제목은 '운봉 서리꽃 위에 詩 앉는다' 입니다. 처음 운봉에 와 중산간지대의 기후에 적응하느라 몸이 아주 힘들었고 완곡한 의사 표현, 높은 톤의 억양과 사투리로 알아듣지 못 하는 말들이 많아 마음이 힘들었던 적이 있습니다.

그러면서도 문학회가 꾸려지고 자갈밭에 씨 뿌리듯 버텨온 세월이 켜켜이 쌓이다 보니 어느덧 십 년의 세월이 흐르고 열한 번째 행사를 치르게 되었습니다. 일찍이 겪어보지 못하였던 코로나19, 가보지 않고 가봤던 사람도 없던 이 길을 헤치고 버티고 살아남아 드디어 한 가닥 희망을 갖게 되었습니다. 아직 이르지만, 우리 모두에게 '애썼다, 잘 해냈다' 칭찬하고 싶은 마음입니다.

벼가 익을 때쯤이면 무서리 내리고, 감나무에 감이 익을 때쯤이면 서리가 내리는데 이 서리가 아침 햇살을 받으면 초롱초롱 영롱히 빛나 곱고도 아름답지요. 물설고 낯설 때 서리꽃은 몹시도 춥더이다. 한데 세월에 묻히고 이 땅에 동화되다 보니 한 걸음 빠른 추위도 매서운 바람도 차디찬 서리도 곱고도 아름답고 양지 녘 울타리 마냥 따뜻합니다. 이게 문학의 힘이 아닐까 생각합니다. 차가움을 따뜻하게 만들고 서러움을 위로하고 아쉬움을 달래며 기쁨을 두 배로 만들어 주는 힘, 글이 주는 힘, 그것을 지리산 문학에서 키우고 나누고 펼칠 수 있어 무한 감사를 드리며 다시 한번 지리산문학회 회원님과 지역민들에게 머리 숙여 감사의 말씀 드립니다.

2021년 11월

차례

1부　서리꽃에 시 앉다

서리꽃 위에 詩 앉는다

2부 서리꽃 영롱히 빛나다

3부 서리꽃 이슬처럼 맺히다

1부

서리꽃에

시

앉다

무엇이 시입니까?

서정구

무엇이 시입니까?

詩이다.
아름다움이다.

이 가을의 슬픔은 어디에서 옵니까?

거기에서
다시 걸어 나와 보거라

길이 끊어진 다음에 무엇이 있습니까?

끊어진 적이 없다.
시는 무덤

무덤 속에 누워 다시
푸른 바위를 읽는다.

코로나 19

이학규

아!
너의 이름만 들어도
걱정스러운 마음 노도(怒海)처럼 밀려온다

모든 만물 존재 이유가 있다는데
코로나 19 너는
무슨 이유로 존재하려 하느냐
참으로 알고프다. 존재 이유를

사람이 많으면 하늘도 이긴다고 하니
모두 너를 싫다 한다는데
달갑지 않다는데
어찌 그리 눈치 없고 생각도 없느냐

예 있음은 너로 보나 사람으로 보나
불행이 자명하니
불리(不利) 자각(自刻)하고 무의 세계로 돌아가라

어서 가라!
속히 가라!
내가 너를 추억하며 되뇌고 잘했다 웃어 주리라.

어매

박영진

당신이 홀연히 떠나신 그 자리에 또 하나의 봄날이 왔습니다. 앞마당 화단에 똘망 똘망 솟아오른 여린 새싹들이 도토리 키 재기를 하고 늘 잰 걸음으로 다니시던 큰골 밭에는 속내도 모르고 한 뼘 훅 자란 마늘이 귀 쫑긋 새우고 당신의 발자국 소리를 기다립니다. 밭 가양에 놓인 호미는 기다림이 겨운 듯 따사로운 햇살에 졸고, 돋음이 느린 한편 고사리 밭 웃비료를 뿌리는 다른 손들의 시린 눈망울과 뚤래 뚤래 맴돌던 그들의 몸짓 언어는 허공에 머물다 이내 찬 기운 머금은 바람결에 흩날립니다.

어매 2

박영진

그 시작이 어디인지도 모르는 큰골 밭 스산한 골짜기 건들바람 불어오면 그 그리움에 가슴 깊은 골에서 흘리는 눈물 남이 볼까싶어 당신의 둘째 딸이 너스레를 떨며 심어놓은 들깨가 알알이 익어가고 밭 가양에 둘러선 단감나무에도 노오란 가을이 서성입니다. 듬성듬성 남아있는 당신의 흔적은 또 하나의 아쉬운 추억으로 남아서 이네들의 발 걸음을 멈춰 세우면 멀뚱멀뚱한 눈으로 애먼 하늘만 바라봅니다.

소리

오경재

부를 이 없건만
엄– 하고 부르면
울퉁불퉁 몸 굴속 헤매다
동그랗게 물결 지며 나오는 소리

마– 하고 부르면
말초신경 세포들이
광활한 세월을 건너건너 오는 소리

작은 소리에도 감염되는
태초의 언어

막장 끝까지 가는

마늘을 심다

오경재

가을걷이가 막바지에 다다른
볕 좋은 날
아버지와 엄마는 거름을 내고
마늘을 심었다.
일 잘한다는 이웃들의 부름에
똥지게 지고 송장치고 설풋 한 달을
이고 지고 돌아오시곤 했다.
학교가 파하고 마늘밭에 앉아
도란도란 나누는 이야기
구름이 흘러가는, 새들이 우는 소리까지
잘 새기라고 어린 귀에 들려주시던 말씀들
훌륭한 선생님은 못되어도
돈 잘 버는 사업가는 아니어도
물려받은 성정 하나로 빛과 그림자를
아는 나이가 되었다
곧 찬 바람 불고 눈보라가 오리라
그 힘으로 뿌리는 자리 싹을 내리라
순한 바람결에 들려오는
오래된 숨결을
다복다복 심는다

무게

오경재

유리창이 웅장한 성안
아들과 잠이 들었다
검은 망토를 두른 사내가 짓눌러 왔다.

발차기 몇 번에 선풍기는 쓰러지고
아이는 울고
물 주전자는 쓰러져 흥건하다
아내가 일어나 짜증을 내다가
웃는다.

어두운 무게로 내려앉는 밤
악몽을 꾸는 삶은 얼마나 흘러야
맑을 수 있을까를 생각한다.

파동波動

남선현

서걱서걱 얼음 부서지는 소리
헐떡이는 파도에 넋 놓고 흔들리는
감태 매생이 해우 바위틈 널브러진 굴
날꼬지 갯가 갈매기 울어 한숨 섞고
이맘 저 맘 헤집어 뻘 내 풀면
한겨울 얼얼하게 훑이고 간 계절이
햇살 한입 쪼아 물고 봄을 나르고 있다

몽실몽실 꽃바람이 분다
다정한 연인이 노천 의자에 앉아
한 잔의 커피를 나눈 흩뿌린 가슴엔
고향의 따스한 기억들이 오가는
뱃전에 맺힐 때 껍데기 뒤집어쓰고
겨울잠 자던 쭈꾸미가 털털 털리며
어판장 앞에서 기지개를 켠다

나고 자라 짠맛도 그리운 기억의 저편
아지랑이 가물가물 단내나게 뛰어온
세상살이 둘둘 말아 가슴에 넣다 펼치면
눈물 나게 서러운 젊은 날이 오글오글 피어
중매인의 숫자 소리에 너울거리고
처절한 삶의 파고는 파동에 쓸리며
어릴 적 냉이 달래 캐는 손끝 아린 곳엔
언제나 따스한 봄의 노래가 젖어 있다

빈독골 가는 길

남선현

돌두막 솟대 국화 막막함이
사라진 그늘막 넘어 세상은
잎에 잎이 포개진 진자리
곱게 물든 노을 한 입 베어
붉은 들녘에 뿌리면
햇살 가득 꽃비가 온다

향내 분내 뒤섞인 생활의 언저리
모두 죽어 바람이 되고 먼지가 돼
다시 몸속으로 내면의 젖줄을 빠는
어린아이처럼 이성을 먹고 자라
새 아침 이슬 속으로 숨는다

철 지난 봉숭아 가녀린 구절초가
한들거린 후미진 곳은 산 그리매
드리우고 인생 고비길 넘어
황혼에 물든 어릿광대의 여유와
쓸쓸함이 산허리 휘감고 있다.

속도위반

문기봉

일반적으로
교통사고의 반은 과속이지
규정 속도를 훨씬 지나쳤거나
줄여야 할 커브 길에서
힘껏 페달을 밟은 것이지

세상의 낯선 길에서
경계의 선을 넘어
변명하지 못하고 받은 스티커 한 장
오금이 저리도록 달린 젊은 날의
빛바랜 경고장

행운이 없었던 건 아니라고
무섭도록 달린 페달은 닳고 닳은
젊은 날의 표상이라고
겁도 없던 시간의 다리를 건너와
과속하지 않고 달린 사람 어디 있냐고
고장 난 브레이크 밟아 본 적 있냐고
앞만 보고 달리는 귓전엔
징징 징징 징징 징
불협화음으로 남은 시간,
남은 시간은 있냐고
이제 멈출 수는 있냐고
묻지 못하면서.

당신의 말소

문기봉

당신의 공식적인 흔적들 모두
삭제되었지만,
나는 당신을 온전히
떠나보내지 못합니다

당신과 함께 걷던 갈대밭과
출렁거리던 바다와 그 애절한 파도 소리
당신과 나누던 이야기
장단을 맞추듯 노래하던 찌르레기
울음소리 아직 쟁쟁거리고
당신의 부재는 모호하여
기억의 저편
추억의 저편보다
선명하지 않으며
으스스한 통증이 온몸으로 퍼지면
파르르 떨리는 수전증과
불규칙 동사처럼 뛰는 심장까지
총체적 난국입니다.

본의 아니게 남겨진 실수처럼

이 세상에 혼자

순리의 멱살에 잡혀

입맛 잃은 밥상 앞에 꿇어앉아 있습니다.

막막한 세상에

흔하디흔한 인간사 일이거나

누구나 겪는 일이라지만,

절망의 늪을 벗어날 수 없는 숙명

당신의 흔적, 한 개도 지워내지 못하면서.

2부

서리꽃

영롱히
빛나다

철이

송만철

보성 발 회천행 굽이굽이 봇재길 돌아가는 군내버스
때 절인 마스크를 꾹꾹 눌러쓰고 두 할아버지가 나눈 말

"어이 봄꽃들이 항꾸네 싹다 피분당께"
"인자, 철이 따로 없어진다네 그려, 세상 어쩌께 될란가벼!"

닥쳤다

송만철

"저 나무들을 봐봐요, 잔뜩 매단 열매들을!"

생명들이 씨줄 날줄로 엮여 우주까지 화통 상통을 꿈꾸는
보성군 노동면 갱맹골에 씨날농장 최영추(70)형이 한 말

"저 나무들도 기후 위기가 닥쳤다는 걸 안당께요"

읊었던 신곡神曲처럼

윤종진

네가 있으매 삶의 의미가 주어지고
깊이 생각할수록
손바닥이 간질거리는 애 틋 함
차고 넘치는 행복과 기쁨이
그대로 인해
시작이고 마침표가 찍힌다
만약
내가 아닌 다른 이에게 먼저 발굴됐더라면
이 땅은
천 길 낭떠러지 절벽
아득한 건너편을 향해
메아리도 되돌아오지 않는
무의미한 소리가 됐을 터
뻐뻐꾹 뻐꾹.

너를 사랑하는 동안

엄순미

밤에게서 도망 나온 낮달은 수척했다
시름시름 시름을 놓고
몸에게서 힘을 빼
둥둥 떠다니던 간밤
키 큰 미루나무에 걸려
찢어진 연처럼 퍼덕거려도
아무도 누구도
관심주지 않았다

정오를 건넌 중천의 해가
자리를 옮기며 9월의 미열을 앓고
헛된 맹세의 수렁에 빠진 낮달
아무 일 없는 듯
상처에 상처를 내며 덧난
누런 고름 든 가슴 내밀 때
우리가 언제 알았더냐고
해는 눈길을 돌렸다

바람은 바람을 일으키고
해의 긴 발걸음 사이로
훅 끼쳐오던 바람의 냄새
너무 짧아 향기의 꼬리를 놓친 채
코 씽긋하던 오후 3시
깊어질 가을처럼 파고드는 상심들
받아 줄 자신 없는 낮달은
도망가기로 한다, 매 순간 이제 낮달은 없다

너를 사랑하는 동안

모양 닿소리

이광호

기역은 구부린 허리 괭이랑 영락없고
앉아 있는 옆모습 니은은 낫을 닮고
동그란 입체 동그라미 디귿은 동굴 닮았네

리을은 웅크린 알몸 미음은 입구로다
외눈 목 잘라 만든 예쁜 두 눈 쌍비읍
시옷은 비단옷 입고 활보하는 사람인 자

한밤중 탯줄 잘린 갓난아기 울음소리
해를 닮고 달을 닮은 한자에 없는 동그라미
이응은 알 깨고 나온 알이 아리 아리랑

사람 어깨 금을 그은 지읒은 땅지란다
그 땅지 점 하나 찍은 하늘천 치읓 자음
어머니 칼도 변 키읔 부엌에서 알을 낳지

티읕은 동굴 디귿 터서 만든 글자라서
통발에든 고기처럼 휴전선에 갇힌 신세
통일도 양쪽 툭 터놓고 오가면 되련만

숨 쉬는 하늘 땅 사이 나무 잘라 세워두고
사람 어깨 무릎 사이 부동 팔로 서 있는
피읖은 가슴이구나 그 품속에 사는 우리

마지막 히읗 하나 하늘 그린 자음이라
살아생전 지난 세월 글 그림을 그려보세
옳단 말 닿소리 받침 실천하고 살았는가

피장파장

이동윤

삶이 나를 속인다
나도 삶을 속인다
서로
피장파장이다

고독孤獨

이동윤

백 년인들
어떠랴

열흘을 사는
꽃도

한 해를 참아
피거늘

외도外道

이동윤

강은
길을 끊지만
길이기도 하네

밤은 색을 묻지만
색이기도 하지

나는 네가 아니나
너이기도 하구

산 2

이문형

턱밑에
칼을 괴고 있지 않고서야
지는 해에 온몸 곳곳이
붉게 무너지던 네가
날마다 저리 시퍼런
새벽일 수 있더냐

산 4

이문형

내리막 저 길이
오르는
길이었네
갈라지는 아픔도
아물면
길이 되네
궁굴려 오른 산마루
비로소 허공을 품네

내 싯구절에 단맛이 제대로 들었을까?

이문희

이슬에 세수한
말간 아침
가을 골짜기 오솔길로 걸어 들어가다

감나무 꼭대기에
말랑말랑 한 알 싯구절
빨갛게 매달려있습니다.
금세
툭
떨어질 것처럼

내 싯구절에 단맛이 제대로 들었을까?

시時에 대한 질문에 시詩로 답하다

이문희

지금 몇 時야?
흙집을 짓는 시
흙집은 어떤 집이야?
한 뼘 깊이 흙에 울도 담도 없고 지붕만 있는 집
볕이 쉬어 가는 곳이야

時를 묻고 있는 너는
해가 사는 흙집들 사이(時間)에서
말이 사는 흙집(詩)을 만든다

너와 네가 하는 흙장난 이야기
그 말들로 흙집 한 채 지었네

시시각각

이문희

시름시름 시를 앓다
시라고 말하지만
각각 다른 나라 말로 읽고 있다
시드름 화면에 우툴두툴 흉하다
지금 짜내면 흉터 질 텐데
좀 더 묵혀 볼까나
농익은 누런 고름 짜내면
글줄
매끈해질라나
새벽이슬로 세수한
풋내 나는 열일곱 가시내의
낯빛 같은 글줄
부끄러워 고개 숙이다

큰절애

이순정

산 좋고 물 좋다는
강원도 홍천군내면 큰절애로 자리 잡았다

아침이면 물안개 허리를 감싸 안아
박새 이른 나들이 나오고
구름 사이 눈 비비다 해 고개 내밀면
잣나무 푸른 가지 바람 소리 시원한
풍욕으로 황홀한 하루가 시작된다

바람에 취해 햇살에 취해
반쯤 감긴 게슴츠레한 눈으로
먼 산 그림자 바라보면
어느 틈에 산이 녀석 꼬리 흔들며
아는 척 해 달라 안달을 한다

모든 것이 그림마냥 펼쳐진 눈앞
하늘은 벌써 가을을 담아내고
때때로 다람쥐 마실 오는
마당을 거닐다

투욱- 또르르
떨어지는 잣송이
하나, 둘, 그리고 또
이사를 반기는 청솔모가
집들이 선물 던져놓고 부끄러워 숨는다

진부 오일장

이순경

몹쓸 병균이 판치는 어려울 때라
시골 장날 모습 예전 같지 않지만
덤으로 덤을 주는 인심은 아직 살아
깊어질 대로 깊어진 주름 시름 담고
마디 불거진 손안에 들린
표고버섯 진한 향기 바구니에 가득
떨이요 떨이
푸성귀 하나 가득 담긴 봉투
진부장터 퍼지는 새우만두 볼 메지게 넣으며
서로가 행복한 웃음을 던진다

봉투 봉투 차 안에 실어 넣고
휘파람 절로 불며 달리는 운두령
낭창낭창 휘어진 고갯길
이리 흔들 저리 흔들
태권브이 신나게 따라 부르다
-할머니 불났어 119 불러
운구령 정상
노을이 걸려 번지고 있다

기억 나누기

전용숙

우리는 같은 날 같은 곳에서
만나고 헤어짐을 반복 반복
하지만 내 기억 속 만남은
그의 뒷모습
그의 기억 속 나는
멀리서 다가오는 앞모습

난 악수한 손을 보고
그는 내 윗옷 단추 색을 보고
멀어지는 발소리를 담고
난 그의 안녕을 기억하나니

훗날
어느 기억의 공통을 볼까
같은 날 같은 곳 그러나
누구와 기억을 나눈 건지
잊고 잊고 또 시간의 갈피를 뒤지며
머리를 저을까

기억은 모이지 않고 나뉘어 진다

겨울 종이꽃

전용숙

안전을 피해 불안전의 거리로
손 내미는 계절
사람들도 바람 따라 비껴가는
자리 한 켠
5월 3일 어머니가 돌아가셨어요
도와주세요

손등 위로 칼바람 고랑 만들던 날
보여도 보이지 않는
간절함은 돌로 눌러놓고
춥지 않았어요
엄마가 밥하다 쓰러졌어요
고드름처럼 매달린 웃음

너도나도 지났을 거리
계절이 바뀌는 바람 맞으며
울지 않는 눈동자
엄마가 나를 보면 슬퍼서
이불을 덮었어요

벌레가 나와요 자꾸 나와요
테이프로 붙여진 이불보다
더 단단히 굳은 시선들
꽁꽁 언 종이꽃 한 송이 살 수 없어
5월 3일 어머니가 돌아가셨어요
도와주시요

노을 지는 밤

정다운

하늘이 온통 잿빛 바다가 되었어
붉은 노을 미치도록 하늘을 품고
먹구름 산마루에 얇은 이불을 펴고
이젠
가로수 나뭇잎만 흔들리잖아
아무도 걷지 않는 길 위에
우린 사라질 노을을 바라보고
우린 이렇게 서로를 마주하잖아
노을은
어디쯤에서 와 어디쯤으로 흘러갈까
서쪽 하늘 무지개 다리너머
별똥별 노래 들으러 갈까
내일을 두드리며 꽁지 별 뒤로 숨을까
이런 황홀한 노을이 지는 밤
풀벌레 합창 소리 밤새 들으며
너와 나
온 밤을 꼬박 지새고 싶어

가을 산 랩소디

정다운

이른 가을을 마중하러 가을 산에 올랐다
그 푸르던 나뭇잎들도 하나둘 물들어 가고
참나무 위로 소슬바람이 스치듯 지나간다
투두둑 여문 알맹이들 순산이 시작
하얀 거미줄 햇살에 실눈 길게 반짝이고
나뭇잎들 그저 신나게 바람 그네 탑니다
이른 단풍잎 하나둘 꽃비로 내려
노랑나비가 춤을 추는 거 같네요
어깨춤이 절로 들썩입니다
짹짹 새들도 작은 음악회 준비를
피릿 피릿 피리리 닐리
한참 어울어진 축제 마당이 되면
귀여운 다람쥐 손바닥 비비며 까만 눈 굴리겠지요
시원한 바람이 골짜기 나무들을 흔듭니다
부드러운 손길로 먼저 온 가을을 애무하네요
헤실거리며 꿈 빛 나뭇잎들 손을 흔들고
으아리꽃 꼬물꼬물 호랑나비가 살짝 쿵
누리장나무꽃 부전나비를 한참이나 품었네요
가을 산 종일 환상곡 끝없이 울려 퍼지고

어머니 밥상

한상림

그저 잠자다가 슬그머니 죽는 게 소원이라면서
백오십 살은 더 살 거니 걱정 말라더니
구십 평생 자식들에게 밥으로만 살다가
마지막 떠날 준비 하시는 중환자실 어머니

어머니 안 계신 밥상머리에 앉아
꼬박꼬박 하루 세끼 밥을 먹는다
그날, 늦은 아침 밥상에 홀로 앉아
쓰디쓴 약처럼 몇 숟갈 뜨다가 남겼을 밥그릇

육 남매 출가 시켜 손자 열넷 챙기시며
낮이고 밤이고 18층 베란다에 홀로 앉아
지나가는 사람과 자동차 수를 헤아리며
백 명 혹은 백 대 자동차 수마다 화장지 한 조각씩 뜯어
밥상으로 차려 놓고 기다리셨다

이 자식 저 자식
아픈 손가락 잘 되게 해달라고
맞은 편 보문산 전망대 불빛 바라보며 차려 놓은
어머니 밥상은 간절한 기도였다

3부

서리꽃

이슬처럼
맺히다

사모곡

강형구

어머니 거기 계신가요

보답도
뭣 하나 드릴 수도 없는 어머니

볕 잘든 툇마루 내 주기만 하시더니
자식 놈 머리가 희끗거려도
하늘의 손이 되어 돌보십니다.

속이 문드러지고
몸이 가루가 돼도
꿋자 하나로 견디심이

어머니라는
이름 석 자의 힘이라는 것을
당신의 이름이 지워지지 않은
지금에서야 알게 되었습니다.

태어나 가장 먼저 불렀고
배고프고 추울 때나 겨우 찾고
죽을 고비가 돼서야 찾던 그 이름

어머니
당신이 거기 계셔서
내가 오늘 살고 있음을 이제야 알았습니다.

어머니.

기우

김영균

나… 우울증인가?
며칠 몇 날을 아무하고도 대화도 없고
집 밖에 나가본 일도 없네…
나 우울증인가?
이러면 안 되는데…
서발 막대기 휘둘러도
걸리는 놈 하나 없다던
그 서러운 고독의 세월을
내 자식 놈한테 물려주면 안 되는 거잖아…

으찌까잉…

김영균

흐르는 시간을 어찌할 수 없어
안타까이 날 저무는
하루의
저녁.

날 샜냐…

김영균

알람 울린다…
이 새벽에 나는 또 일어나는구나…
마누라, 자식 네 명…

먹여 살려야 할 식구가 많네…
고단하네…
그래도…
새끼 얼굴 생각하면 힘이 난다…

세월아

김영진

푸르른 물은
힘차게 흐르고
산은 그대로 인데
어찌 이 몸만 늙는 가

푸르디푸른
청춘의 세월
꽃으로 남은
세월의 흔적

세월, 세월
그리워, 그리워
노래만 부르다
청산에 가는가.

그리워 그리워하다
세월, 세월
노래만 하다 가는구나

산약초

김영진

하늘이 부끄러워
깊은 산 홀로 사는 가

세찬 비바람 맞으며
이름 모를 산새와 친구하고
낮엔 해님과 친구 되고
밤엔 풀벌레 소근 소근 거리며
별빛아래 행복을 누리나

백년, 천년이 지나 천약이 되고
하늘에 부름 받아 마음착한
선인에게 선물 주려는 가

피아골 하늘이 내린 생명

김최선

피아골 하늘이 내린 생명의 은빛 젖줄
꺼지지 않는 등불로 태고의 숲을 밝힌다.
한 사람 한 사람 사랑으로 정을 나누고
서로를 위한 마음 모두가 한 가족이네.
삶의 아픔은 숲속에서 치유되고
서러운 눈물은 달빛이 말려 주는 곳.
영원한 사랑이 천만년 이어질 피아골이여
영원 하라
영원 하라.

와운 마을 천하의 절경인

김최선

천하의 절경인들
구름 떼 찾아들고

천 년 송에 올린 기도 하늘 닿아 이뤄지리

계곡 맑은 물엔
흰 구름 떠내려가고

인심은 볕처럼 따뜻해
가을밤 춥지 않네

다만, 내일 떠나려니
잠이 오지 않을 뿐

다시 올 기약 없지만
꿈엔들 천 번은 오겠네.

가로등

박귀범

어떤 학생이 무거운 가방을 맨 채 뛰어 가네요
그 학생의 다크써클이 유독 돋보입니다.

어떤 군복 입은 사람들이 지나가네요.
군화의 흙이 그간의 고생을 보여줍니다.

이번에는 남녀 둘이 오네요.
상대방의 입술에 자신의 입술을 남깁니다.

저기서 부모님 품에 안긴 아이들의 웃음소리가 들리네요.
부모님 옷에 아이들 웃음소리가 배깁니다.

양복을 입은 남성이 제게 토를 하고 있네요.
그간에 받았던 서러움 슬픔 답답함이 보입니다.

저기 멀리서 흰머리의 부부가 다가오네요
서로 꼭 잡은 두 손이 아름답기만 합니다.

이 모든 사람들이 밤에 넘어지지 않도록
나는 평생토록 이 자리에서 불빛을 내뿜겠습니다.

거울

박귀범

거울 뒤에서 그녀를 바라보고 있습니다.
수많은 사람 속에서 유독 그녀만을 바라보고 있습니다.
마치 그녀의 향기가 나는 것처럼
마치 그녀의 손길이 느껴지는 것처럼
그녀를 바라보고 있습니다.

곧 밤이 되어 그녀를 바라보질 못할 것 같습니다.
용기를 내어 그녀에게 다가가지만,
유리창 때문에 가질 못합니다.
아무리 두들겨 봐도 가질 못합니다.

그녀가 거울로 다가와 나의 눈을 바라봅니다.
그녀도 거울을 두들깁니다.

어떤 소리보다 아름다운 소리가 밤이 되어도 울려
퍼집니다.

충혈 된 눈

박귀범

내 어릴 적 사진에 낯선 사람이 보입니다.
한쪽 손은 엄마 손을 잡고
다른 한 손에는 사탕을 손에 쥔 채
나를 보고 웃고 있습니다.
그 아이의 눈의 흰 자가 유독 돋보입니다.
세상 그 어떠한 것도 그곳으로
들어가진 못 할 것입니다.

거울 앞에 서자 더욱더 낯선 사람이 보입니다.
더부룩한 수염 기름진 머리 충혈 된 눈을 가진 채
나를 노려보고 있습니다.
그 사람의 검은 눈동자가 유독 돋보입니다.
그 눈동자 안에는 인생의 고초가 차고 넘쳐
흰자로 흐르고 있습니다.

나는 눈을 감고 원 없이 울고 있습니다.
수많은 사람들에게 받은 무시 좌절감 슬픔을
쏟아내기 위해 원 없이 울고 있습니다.
다시 거울을 보자 얼굴에 피로 범벅이 되었지만

눈에는 미소 짓고 있는 내가 보였습니다.

나락 모가지

박규열

나락 모가지
늘어뜨림이
꼭 엄마가 자식을
기다리다 지쳐

축 처진 어깨마냥!

바람에 흔들리니
또 얼마나 그리움에
눈물 흘리셨을까?

왜 벼는 익으면
먼저
고개를 떨구나?

엄마는 그리움에
북으로 고개를
떨구시니!

하염없는 빗줄기는
늙으신 노모의
마음을 헤집고
들어가

그리움만 더하네.

내 마음의 보석상자

박규열

내 마음의 보석상자
당신에게만 보여 드리렵니다.

언제든 열어도 좋아요
다른 이에게는 아무것도 줄 수 없어도
당신에게는
내 마음의 빛나는 보석만 드리렵니다.

내 마음의 보석 상자를
훔쳐 간 당신을 용서하는 까닭은
당신이 어쩌면 내 마음의
가장 값진 보석이기 때문입니다.

내 마음의 보석상자 다
꺼내어가거든
내 또다시 채워 주리오.

비워도, 비워도
당신만 있다면
내 마음의 보석상자는
늘 채울 수 있어요.

한날한시에 태어난
인연은 아니어도
쓰라린 고통, 아픔을 함께한
당신이라

내 마음의 보석상자는
오로지 당신의
몫이랍니다.

어쩌면, 오늘도
남은 평생을 내 마음속
보석 상자를 채우는
기쁨이 있는 것도

당신이 있기 때문이랍니다.

내 마음의 보석상자
당신께만 드리리오.

당신에게만 늘 열려있는
내 마음의 보석상자

백발이 내린 어느 날
내 마음의 보석상자도
나와 함께 사라질지라도

내 마음의 보석상자
당신에게만 허락하는
나는

죽는 그 날까지
당신의 영원한 그림자일지도
모릅니다.

저만치…

박규열

떨어져 보면 안다.
그 사랑이 얼마나
소중했음을.

아파보면 안다
건강이 얼마나 큰
축복이었음을

저만치 떨어져 보면
세상이 또 얼마나
아름다운가를.

잠시 느림보로 살다 보면
또 깨닫는다.

주변에 모는 것들이 얼마나 많이 나에게 위로와 힘을 줌을.

모든 건 내 마음의 몫…
마음이 닫히니
세상과 단절하고

마음의 문을 여니
세상만사가 나를
반긴다는 사실을.

늘 뒤늦은 깨달음이지만
그마저도 생각지 못하고
사는 게 인생임을

나는 홀로 저만치
멀리서 석양만
말없이 쳐다보네.

너에게, 길을 묻다

박호현

산세가 오르다
잠시 숨 고르는 곳
아침 볕 따숩게 내리는
옥계동 길을
혼자 간다 심심하다고
낙엽이 따라 뒹군다.
마른 솔잎들은
길 위에서 나를 반기고
구름 걷히는
지리산 자락이
길을 안내하는 곳
새벽녘 된서리로
가을도 버겁다 옷을 벗네
어느 날
소복이 내리는 첫눈에
발자국 묻히고
스러져 갈 뒤안길…
너에게, 길을 묻는다

하루

박호현

벗나무 사이로
쉼 없이
열일 하는 벌들의
웅 웅 대는 소리 사이로
성급한 놈들이
꽃잎을 떨군다

하얀
꽃잎 비로 날리는
사월의 한 켠

어제 내린
바래봉의 설경은
하루를 채우지도 못하고
푸른 속살을 보이고

사무실 앞 폐지 보관함에서
구겨진 골판지를 고르는
동네 할머니의 곱은 손등 너머로
벌써 시간은 정오를 지났다

남겨진 시간 뒤로
사람들은 서성이고
풀잎을 밥상으로 받아
허기진 세월을 너에게로 채운다

그리움과 장독대

양창윤

추수가 끝난 내 고향 운봉
쓸쓸함과 공허함 감도는 들녘
가을 햇살 따사로운 어느 날 오후
집 뜰 앞 홀로 망중한을 즐긴다.

바래봉은 고즈넉히 보이고
파란 하늘 사이로 햇살을 받아
유난히 반짝이는 장독대!

머리에는 수건 동여매고 앞치마 입고
흰 행주로 장독대 닦으시던 어머니
쟁반에 그릇 놓고 표주박으로 장 뜨고
한지 동여 매여 장독대 덮던 모습
가을 햇살에 투영되어 그리움으로 떠오르네

산다는 것은 그리움에 연속
헤매는 그리움에 물도 단풍처럼
버릴 수 없는 보고픔!
황혼기에 가을 앞에 서면
모두가 놓치고 싶지 않은 추억인데
가을은 소리 없이 바람으로 내려와

잊혀 진 추억 한 자락을 살며시 안겨 주고

옹기종기 장독대 사이로
환한 미소로 장 뜨시던 모습
입가에 웃음 띠며 살며시 다가오고
말갛던 마음은 그리움으로 물들고
평온한 일상은 파도처럼 출렁이네

지금은 볼 수 없는 어머니
그 모습 장독대 가을 햇살에 그리움만
오늘 이 가을에
어머니 모습이

긴 여정

유순자

너무 많이 왔나 보다
나도 모르게 왔나 보다
되돌아 갈 수도 없는 길을

이젠
이 가을에 떠나고 싶다.
걸릴 것도 없다.
그냥
훌쩍 떠나고 싶다.

한 줌 흙이라도 좋고
바람을 따라
새 울음 벗 삼아
이 가을에 떠나고 싶다.

친구도 없이
이 가을에
그냥 떠나고 싶다.

4월이 오면

유순자

4월이 오면
따스한 햇살을 받아
겨우내 앙상했던
가지에서 백옥 같은
새하얀 탐스런 목련이 핀다.

그 옛날
우리 모교 교화가 목련꽃이었다.
교실 앞 화단에
엄청 커다란 목련 나무에
새하얀 목련 꽃이
가지를 가득 덮으면
온 교정이 환했었다.

꿈 많은 여고 시절
우린 목련꽃 아래 앉아
젊은 베르테르의 슬픔을 읽으며
4월이 오면 노래를 부르며
여고 시절의 꿈을 키워나갔다.

구겨진 영수증

윤봄

날씨가 쌀쌀해졌다.
오랜만에 아끼던 바지를 입었다.
주머니에 손을 넣으니 그 끝에 뭔가 닿았다.

주머니 속에서 굴리고 또 굴렸다.
손가락에 스치는 추억에 살이 아렸다.
꺼내고 싶은 마음이 생기지 않았다.

맥주를 같이 팔던 피자집도
같이 사진을 찍었던 오락실도
사계절을 살고 다시 겨울을 맞이했다.

좋아했던 노래를 싫어하게 되었다.
좋아하던 바다를 싫어하게 되었다.
함께 했던 것들을 모두 싫어하게 되었다.

겨울 바다의 파도가 매섭다.

가끔 머리를 밀고 싶다

윤봄

가끔 머리를 밀고 싶다.
기억이 길고 긴 머리카락을 타고 떠내려간다.
잡을 수 없는 억울함을 참을 수 없다.

얇은 빗에 기억이 엉키고
더는 풀어내지 못할 때에
고통으로부터 끝없이 도망친다.

추억으로 꾸미는 달콤하고 아름다운 기억의 궁전.
슬픔을 또 다른 기억으로 덮으며 행복했다고 말하겠지.

인생의 삶은 동그라미

정순옥

우리들이 살아가고 있는 이 공간은
동그라미

매일 매일 다람쥐 쳇바퀴처럼
돌고 돌아가는 인생사

고달픈 삶도 그리움도
돌고 돌아 찾아오며 떠나가는

동그라미

편지

최석영

너무 놀라지 말거라
사람이라면 누구나 왔다 가는 길

장기를 기증했으니 병원에 연락하고
학생들 실습을 할 수 있도록 하고
그곳에서 화장해 주면 강이나 바다에 뿌려다오.

내 살아보니
사람이 사람답게 산다는 것은
쉬운 일 아니더라. 그래도 이 길을 가거라
사람답게 사는 일에 게으르지 말아라.

마지막 가는 길인데 물려줄 게 없구나.
주머니에 만 원짜리 몇 장 있다만
그게 무슨 물려줄 거리겠느냐,

아비가 열심히 살았다는 것,
꿈을 포기하지 않았다는 것,
사람 노릇 하며 살았다는 것,
그것만 놓고 가니 기억해 주면 고맙겠구나.

말이 많으면 쓸 게 없고
글이 길면 간결하지 못하니
네 알아서 하고

사랑한다.

모년 모월 아비가 쓰다.

옥계동 나들이

김정길

　어머니 친구분 가족들과 함께 옥계동 폭포에 물 맞았던 기억이 떠오른다.

　어머니는 산내 노루묵에서 운봉으로 시집오셔서 북천리 동네에서 젊은 시절을 보내시고 가까운 친구들을 사귀셨다. 그중 두 분과는 지금까지 끈을 이어오고 계신다.

　어머니의 두 친구분 자녀 중에는 내 친구인 기열이, 혜정이가 있다. 지금은 60을 바라보는 중년이 되어 가지만 아주 꼬맹이 시절의 이야기다, 여름이 되면 어머님들이 하루 날짜를 정해 놓고 준비를 한다. 그때는 그것이 지리산에 사는 꼬맹이들에게는 즐거운 날이고 행사다, 버스도 타고, 고기도 먹고, 물속에서 원 없이 노는 날이기 때문이다. 기억을 더듬어 보면 우리는 마냥 신나서 따라갔던 기억밖에 없다.

　그날의 풍경은 어머님들이 나들이에 필요한 솥, 쌀, 닭, 등을 여러 보자기에 싸고 준비가 끝나면 먼지가 풀 풀 나는 신작로에 나가 버스 오기를 기다렸다. 어린 우리는 마냥 좋아 들떠있고, 그런 우리를 조용히 하라는 한소 듣다 보면 멀리 버스가 왔다. 버스는 태풍도 무색할 법한 흙 먼지를 뿜었지만, 버스를 탈 기분에 먼지 따위는 대

수룹지도 않았다. 버스에 올라 덜컹덜컹하는 놀이기구 마냥 엉덩이를 붙일 수 없는 길이어서 더 신났는지 모르지만 잠시 잠깐이면 옥계동 입구 신작로에 다다라 기사 아저씨가 버스를 세우고, 우리는 내리는 데 간혹 버스에 물건을 놓고 내리는 일도 있었다.

아이들이 버스에서 다 내린 것을 확인한 어머니들은 각자 가볍고 조그마한 물건들을 분담해 주며 그것들을 들고 옥계호로 가라 하신다. 동생들 잘 데리고 오라는 어머님들의 특명은 형과 누나들 몫이다. 형과 누나들이 동생들 손을 잡고, 업고, 나와 친구들은 크고 작은 물건들을 들고 산길 풀길 자갈길을 헤쳐 가다 지루하고 힘들다 여겨질 때쯤 폭포가 있는 곳에 다다른다. 여기서부터는 폭포가 있는 곳으로 가기 위해 급경사를 천천히 내려가야 해서 마냥 철없던 우리들도 조심조심 내려갔다.

폭포가 있는 아래는 자갈밭이다. 각자 가져온 짐을 어머니들이 지시하는 곳에 내려놓고 신발을 벗었다. 지금이야 좋은 신발들이지만 그때는 전부 검정 고무신을 신고 다녔기 때문에 자갈밭에 고무신이 찢기고 물에 떠내려갈 것을 방지하기 위해 신발을 벗어 두고 노는 것이 일종의 불문율이었다.

옥계 폭포는 암벽이 병풍처럼 둘러쳐져 있고 중앙을 중심으로 물이 떨어진다. 또 바닥 면은 암반이어서 물을 맞기에 좋은 장소였다.

아이들이 물에 들어가 물놀이를 할 동안 어머니들은 돌을 모아 솥을 걸고 닭을 삶아 아이들에게 먹일 채비를 하신다.

"밥 묵자!"

그 한 마디에 입술이 퍼레지도록 놀던 우리는 물에서 나와 허겁지겁 닭죽을 먹었다. 그리고는 누가 더 물에서 많이 놀까 봐 숟가락도 제대로 놓지 못하고 다시 물속으로 뛰어들었다.

"이것들아… 밥 묵고 바로 물속 들가믄 배탈 난다." 하시는 어머니의 채근은 귓전에 들리지도 않았다.

고기는 자식들 메기고 남은 멀건 죽으로 끼니를 때우신 어머니들이 본격적으로 폭포 아래서 물 맞을 준비를 하여 각자 자리를 잡고 앉아 점심 준비하느라 흘린 땀, 시집살이에 상한 마음을 씻고 달래셨다. 언젠가 어머니를 흉내 내어 폭포 밑으로 들어가 물을 맞아 봤지만 아프기만 할 뿐 시원하지는 않던데 어머니들은 그것을 왜 하시는지는 한참이나 시간이 흐른 뒤에 알게 되었다.

물놀이는 해 가는 줄 모르게 노는 법, 몸이 추우면 밖에 나와 따뜻한 바위에 몸을 녹이고 말려 다시 들어가기를 반복하다가 해가 연재 쪽으로 달려간다 싶으면 집에 갈 시간이라는 것을 알게 된다.

"언능 나와라, 집에 가게!"

몸에 있는 물기를 닦고 옷을 주섬주섬 입고 집으로 갈 채비를 마치면 물에서는 어떻게 놀았는지는 기억도 없고, 졸음이 밀려와 무슨 정신으로 걸었는지도 모르게 산길을 내려와 집에 오는 버스를 타고 월미도 디스코팡팡 같은 버스에서 곯아떨어졌다.

이제 50여 년이 지난 지금 그런 기억들은 저 너머로 가물거리고 우리를 마냥 챙겨주시던 어머니들은 80이 넘는 노인이 되었다.

오늘 옥계호에 올라 지금은 물속에 잠겨 사라지고 없는 산길을 더듬으며 세월이 무상하다는 말을 이럴 때 쓰는 것일까? 생각해본다. 그리고 어머니들처럼 지금 내 이웃하고 그렇게 살갑게 사는 것인지 자문하게 된다.

어머니와 콩깍지

문광호

올해도 가을은 어머니 곁에 와 있다.

가을걷이는 시작이 되어 어머니는 매 일이 바빠지시며 구부러진 허리는 중력의 힘이 작용하는지 땅을 향해 자꾸만 굽어지신다. 구부러진 허리로 어머니는 우리 5남매를 건사하시고, 나는 66년을 어머니와 함께 했다. 이제는 어머니의 표정만 봐도 오늘 하루가 힘이 들었는지, 아니면 일을 안 하셨는지 알 수 있다.

"큰애야 저기 텃밭에 콩을 매 놨으니 가져오니라."

오늘 아침에도 눈 비비자마자 하신 어머니 말씀에 '네~' 하고 지게를 졌다. 그러고 보니 이, 지게도 아버지께서 물려주신 지게다.

텃밭에 가보니 콩대는 모두 남쪽 방향으로 머리를 두고 가지런히 누워 있다. 이른 봄부터 서리가 내리는 지금 이 가을까지 지극정성으로 가꾸시어 결실을 보게 된 것을 생각하니, 어머니의 고단함을 짐작하고도 남는다. 콩 한 지게 지고서 낑낑대며. 집으로 돌아왔다. 어머니는 굽은 허리로 나를 기다리고 계신다.

"야! 야! 이쪽 양지로 가지런히 곧게 세워야 잘 마른다."

환갑이 넘은 아들에게 콩깍지가 잘 마르게 하는 법을 가르치고 살피신다. 이제 우리는 부자다. 콩 부자, 메주콩, 서리태 콩, 파란 콩

등 어머니의 콩 타작은 시작되었으니 콩은 쌓이고 어머니는 매일이 바쁘실 것이다. 따사한 가을 햇살을 등에 지고 콩대와 씨름하실 어머니, 가을걷이 중 콩 수확이 가장 힘이 든다.

매일 아침, 날이 밝으면 울 어머니는 할 일이 많다. 국화꽃, 나팔꽃, 선인장, 사랑초 등, 꽃을 너무 좋아하셔서, 10여 개 이상의 화분 관리로 일상이 시작되고 콩대를 가을마당 한가득 널어놓았으니. 잠시도 쉴 틈 없이 콩 타작을 하고, 키질하여 좋은 콩 골라내실 것이다.

어머니…

이 가을이 지나고 나면 허리가 더 휘면 어쩌나 걱정이 앞선다. 그러나 그것이 또 어머니의 재미이시니 무턱대고 말릴 수도 없는 일, 어머니의 가을마당 한편에는 콩깍지가 수북하다.

바래봉이 왜 날 불렀을까?

송호근

얼마 전부터 선선한 바람이 불기 시작하고 몇 달 전 지낸 환갑도 아련하게 느껴지는 늘어지는 휴일 오후에 문득 잠시 긴장하게 했던 일로 살짝 내 입가 끝을 올려 본다.

앞으로도 쭉 잘 나갈 거라며 만족해하다 졸지에 실 끊어진 연 신세가 되어 방황하다 제2의 인생을 꿈꾼다는 대외 명분의 포장으로 연고도 없는 전주에 온 지 4년을 넘기던 어느 날, 꿈에서도 생각지도 않은 바래봉 아래 산덕리라는 조용한 마을의 조그만 밭에 내 소유라는 이름을 넣었다.

언젠가 은퇴해서 한적한 전원에서 유유자적하게 여생을 럭셔리하게 보내리라 거드름 피운 적은 있지만, 그것이 먼 전주보다 더 깊숙한 이곳일 줄은 몇 달 전까지만 해도 생각도 못 할 일이었는데… 그러면서 평소에 습관처럼 뇌까리는 '참 인연이라는 게…'라고 하던 말도 새삼스레 떠오르며 내일 아니 몇 분 후에라도 누군가와 무엇인가와 인연을 만들어 줄 것이 나타날 수 있다는 숨은 진리를 터득했다고 너스레도 부려본다.

원하지도 않은 은퇴.
노는 것이 비참해서 명예와 실속 없어도 훌륭한 봉사를 한다 생각하고 스스로 위로하며 어느 公社 경로당에서 수출컨설턴트로 와

만난 바래봉의 비료회사가 나를 깊어질 거 같은 인연을 만들어 주었다. 그 회사 대표와 점심을 먹다가 반찬으로 흘린 한 한마디 '조용한 농촌에 집을 지어 보려는 데 마땅한 데가 없네요.'에 마침 대표의 머릿속에 있었던 이곳이 나의 다른 긴장의 이유가 될 줄이야.

의리를 강조하는 마당발 토박이 대표의 덕분에 번잡스러운 매매가 너무 편안하게 이루어졌고 땅 원주인형님과도 애정 어린 돈독한 관계 되어 난 지금부터 조심스럽게 고맙게 만들어진 새로운 인연과 사랑스러운 동거를 준비해 보려 하는데 얼마 전부터 20여 년 전 골프 시작했을 때 골프 코스가 내 잠자리를 장악했듯이 느티나무 배롱나무 지붕, 골조가 나의 그림 속에서 왔다 갔다 춤을 추기 시작하며 그 여린 행복감이 이 늙은 근심에 뒤엉켜 잠자리가 불편해지고 식은 땀까지 만들어 준다. 이럴 땐 아버지가 약속한 새 장난감에 대한 기대감이 아닌 새 장난감으로 받을 엄마 잔소리의 두려움처럼 생각 조차 귀찮아질 때도 있다.

그리다 지우기를 수없이 반복하다가 머릿속 골도 지쳐 늘어질 때쯤 왜 이 고생을?
……
근데 내가 왜 집에서 아주 먼 여기에 일을 벌여서는?
……
거 참!
……

전주로 귀양 와 이 지역 사람들과 살붙이고 부대끼다가 이 지역의 예쁨에 놀라며 흘러, 흘러 바래봉까지 들어가 또 여기서 알게 된 글 쓰는 후배가 들려준 바래봉의 아름다운 이야기와 장사꾼 대표가 강의해준 해발 500고지 바래봉의 풍요한 자연과 깨끗함에 홀려서 이제 길 것 같지 않은 내 인생 이야기의 마무리로 이 德스러운 곳에 나를 심어보자고 함이었는데…….

어쩌다 그런 건 다 삭아 버리고 이 알량한 손바닥만 한 땅 한 떼기만을 주물럭거리고 있는 나를 보게 되니 식은땀이 흐른다. 초가을의 상큼한 바람에 아직 쉰내는 나지 않은 젖은 몸을 말리며 또 다른 징한 행복을 배운다.

나는 운봉인雲峯人이다

이남출

나는 운봉에서 나고 자랐다.

집안 형편 넉넉지 못해 힘든 유년기를 보냈지만 그래도 고향 운봉을 사랑하는 운봉사람이다.

많이 배우질 못했고 논리적으로 사람들을 설득할 만큼 똑똑하지도 않다. 하지만 난 행복하게 살고 있다. 행복은 나 스스로 느끼는 것이고, 내 만족에 달려 있음을 알기 때문이다.

아울러 사람들과의 관계를 잘 맺어가는 것이 불행을 줄이는 방법임을 경험을 통해 잘 안다. 나 혼자 평온 하고자 해도 주변 사람들이 나를 가만두지 않는다. 좋은 사람을 곁에 두어야 하는 이유다.

지금은 인력을 관리하는 인력소개업을 하고 있다.

사람들이 맡긴 일을 할 인력을 공급한다.

사무실에서도 좋은 사람과 그렇지 않은 사람이 갈린다.

인생사가 늘 그렇다.

누구나 편하고 일급이 높은 자리를 선호한다.

하지만 그 자리는 나와 좋은 인연을 맺고 있는 사람에게 돌아간다.

나도 잘 안다.

서로가 서로에게 좋은 사람이 되려고 노력한다는 것을

뜬금없이 찾아와 좋은 자리 소개해 달라고 하면 대답은 그러겠다 하지만 사실은 그러하지 못하다. 나와 오랜 관계를 맺어온 사람들부터 챙기고 난 후가 되기 때문이다.

이게 사람 사는 세상이라 생각한다.

운봉 사람임을 자랑스럽게 생각한다.

해서 고향에서 열리는 크고 작은 행사에 적으나마 힘을 보태려 노력한다. 젊은 시절을 보낸 곳이고 나와 관계된 사람들, 그들과의 인연을 지속해서 이어가는 것이 행복을 얻는 길임을 잘 알기 때문이다.

많이 배우지 못해 지식은 없어도 삶을 살아가는 정도(正道)는 안다. 자기 분수를 알고 그것에 맞게 처신하고 가진 것을 필요한 이들과 나누며 사는 것, 가진 것에 만족하며 사는 것, 하루하루 최선을 다해 사는 것, 그것이 삶을 제대로 사는 정도(正道)라 여긴다.

장교리 고남산 기슭에 나무를 심고 딸린 텃밭을 경작하고 있다. 인력 특성상 한나절에 일이 끝났다고 일당을 반만 주기는 난처하다. 그래서 생각한 것이 텃밭이다. 일이 일찍 끝난 사람들과 텃밭을 일구고 그곳에서 수확한 농산물은 주로 불우이웃을 돕는데 기부한다. 나 또한 시간이 나면 그때마다 텃밭 농장으로 향한다. 나무를 사서 심고 채소와 나물들을 심고 가꾼다. 힘들어도 내 땀방울이 다른 사람들에게는 신선한 반찬이 되어줄 것을 안다. 또한 내 몸을 더욱 건강하게 만들어주기도 한다.

　나의 작은 정성이 다른 사람들에게 행복으로 전해 줄 수 있다고
믿는 믿음이 주말마다 농장 텃밭으로 가는 이유다. 나는 운봉사람 이
고 운봉을 사랑한다. 나의 추억이 그곳에 있고, 내가 좋아하는 사람
들이 있고 내가 여가를 즐기는 텃밭농장이 있기 때문이다. 오늘도 나
는 여전히 행복하다.

운봉 지리산문학회
since 2010
2021
November

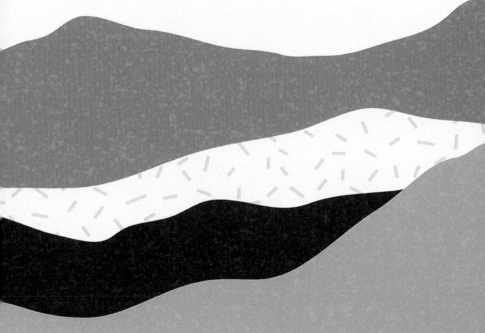

제10회 운봉 지리산문학회
'운봉이야기' 출판기념회
History of 2020

지리산문학회 10주년 기념식을 마치고 모인 회원들

좌, 지리산문학회 10주년을 축사하는 운봉농협 서영교 조합장

우, 시를 낭송하는 이장시인 오경재 부회장

낭송 시를 열청 하는 참석자들

제11회 운봉 지리산문학회

서리꽃 위에 詩 앉는다

인쇄일 | 2021년 11월 20일
발행일 | 2021년 11월 25일

지은이 | 운봉 지리산문학회
편집위원장 | 박영진
편집위원 | 김영진, 박호현, 오경재, 최석영

펴낸이 | 이문희
출판·인쇄 | 도서출판 곰단지
디자인 | 성수연, 이수미
주소 | 경남 진주시 동부로 169번길 12 윙스타워 A동 1007호
전화 | 070-7677-1622
팩스 | 070-7610-7107

ISBN | 979-11-89773-29-8   03810
가격 | 10,000원